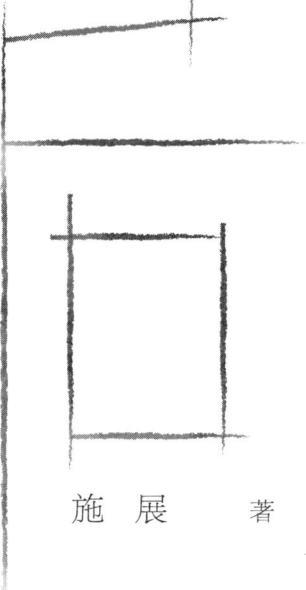

树 后 云

施 展 著

长江出版传媒 | 长江文艺出版社

施展，1998年12月5日生。在校大学
生，就读于天津传媒学院，本科编导
专业。2019年开始写诗，在《光明日
报》《诗刊》《诗潮》《诗歌月刊》
《诗林》《星星诗刊》《深圳诗歌》
《海燕》《飞天》《绿风》等刊物发
表作品。获"2020年度华语诗歌实力
诗人奖""第二届金青藤国际诗歌奖
年度优秀诗人奖"等奖项。

目　录

第三章　网络时代

第四章　进化论

未经沧桑，却了然人心

——漫谈施展诗歌写作

李 犁

施展是准 2000 后，跟我相差快四十岁，在我眼里就是个孩子，而我非常喜欢小孩，尤其是朋友的孩子更是视如己出——起码在不见外的态度和愉悦的心情上是这样。记得是 2019 年春夏之交，我陪施展的爸爸妈妈来北京，刚上大二的施展从天津赶过来，他爸爸有意安排他跟我住在一起，想让我动员他写诗。所以刚一见面，我就没大没小，嘻嘻哈哈。施展却很懂规矩，对长辈毕恭毕敬，到了晚上更是小心翼翼，生怕惊扰了我。而且对我的诗歌教育一直频频点头。但我心里知道，这都是礼貌，对我们老家伙这套，他不全认可，而且怎么写，他心里是有数的，后来的事实也验证了这一点.

大概是第二天，我和他爸爸继续给他灌输"怎么写诗"，他爸爸有点心急火燎，我也口干舌燥，而施展的表情依旧是风轻云淡，似听似玩，而且在我们布道最起劲的时候，施展说要上厕所。过了好一会，他爸爸有点心急败坏了，施展出来拿着手机给我们看，说刚才写了一首诗。我们一看，既高兴又沮丧，高兴的是这孩子这么一会，就写了一首完整的诗，说明是有天分的；沮丧的是他这诗跟我们给他灌输的想象、意象、爆发力、节奏一点关系没有，甚至是背道而驰。就是这首《从高楼向下俯瞰》：

坐在高楼的窗边/向下看/树因风吹而摇曳/于是我想/这风好似这世界的领主/它可以任意地/将你变成它想要的模样/在郁闷地叹息后/我打算收回目光/不愿再看/这过于真实的比喻/但又一想/被摇动的家伙/只是树枝/而那笔直的树干/根本不为风所动//就像天空/云朵被风肆无忌惮地掠走/就像红尘被驱逐到岸边/天空依然是干净的/海依然是蓝的/我像孩童得到了玩具/朝着更远的地方望去

显然是在我们住的楼上往下看的触景生诗。施展平生的第一首虽然稚嫩，但透露出他的写作底色和基本路线，除了与当下写作的口语叙述不谋而合之外，还有明显的即时性和纪实性，就是写看见的，并即时把自己的看法写出来。强调一下，他要写的是"看法"，不是情绪，这看法就是思考。这让我想到他几乎同时写的另一首诗《墙角被遗忘的灭火器》：

它就像是一个人/孤零地在角落/无数人从它身边走过/甚至不会注意到它/只有可怕的大火燃起/才会有人看得见它/直到火被熄灭/大呼一口气/然后/理所应当地把他丢开/去领赏//自身是烈焰般火红/但它就伫立在那里/伫立着/上面铺了一层灰

现在看，这两首诗跟他后来那些优秀的诗相比还有差距，但也显示出施展先天有着写诗的细胞。大部分人写诗是睹物思情，这孩子是睹物思思，后面那个思就是思想，说明他不玩虚的，求真求实，是及物的写作。而且在后一首诗中暗藏几处跟别人不一样的闪光点：在命题写作中，我们会写灭火器舍己为人，甘愿寂寞。但这孩子写了人对灭火器的态度，灭火后，"理所应当"地丢掉它，然后"去领赏"。"去领赏"三个字让这首诗有了燃烧点（也可能有人觉得别扭），它是此诗的有力处，既说了实话，又有了反讽的力量，同时让这首诗显得别致。最后一段虽然又回到对灭火器低调品格的赞许，但他的着眼点是对被漠视的功臣命运的同情和关注，又是属于他自己的观察。而令我激赏的是施展心中对不公平遭遇的不平和不忿，这是非常珍贵的品质，诗里有了它，就有了浩荡，有了锐利。这种正义感散碎在诗里，就是诗的血肉和骨髓。也说明施展是一个没有被污染的内心干净的"后浪"，是一个不张狂不俗气不自私很朴实的孩子。

这样的例子生活中很多，就不赘言，我们还是回到他的写作上来，正义感让施展的诗有了硬度和力度，同情心让他的诗有了柔软，而且很多诗都是因为他的同情心而引爆的灵感，譬如《断桥》里，他总看见河边有一个佝偻的老者，同情心让他终于想去看望他，原来发现这是一个石墩；《囚鸟》里，看见被网住的鸟的嘴里还死死地钓着一个果肉，想到是不是有一窝嗷嗷待哺的小鸟等着它去哺育，于是他将父亲精致的网给绞了口子，放飞了这只母鸟；站在街角的男孩紧紧盯着柜橱中望远镜的目光，让他看见了"这繁华而狭窄的街道/这横向缓缓的流水/正在切断这个男孩滚烫的泪水"；而《河边即景》中由同情心驱使和推动，进而写出了人间的广度和人性的深度：

> 一声　两声/河水冲刷着石块/老妇敲打着衣物/她身上穿的褴褛/和手上漂洗的精致服装/反差甚大/于是河流成了一面哈哈镜/卖力敲打衣服的闷哼/却藏不住心里喜悦/嘴里不时的小曲儿/那是首童谣/仿佛有一个男孩/坐在她身旁/听她轻轻吟唱//隔壁的大婶路过/问老妇这次儿子回家待多久/她摇摇头/笑着回应/"只要回来见见我就好"/河边的风总是很大/硬是把老妇的白发吹散//许久/河边安静了/没有了木棒的敲打声/一只正在抱窝的雌鸟/看向了河边/那河边道路上/一个老妇/提着洗得干净的衣物/往家走去

这首诗在还原生活，看似白描，但每一个细节都让人感叹，除了为诗中老妇人的命运感到辛酸，也为施展那天然的善良和慈悲心而击节。施展的目光能够越过自己的生活，关注和体会别人的命运和心情，说明他有良知和好心肠。这不仅在他们这代人里非常可贵，对那些钩心斗角沉迷在写自己的私欲里，整天想着得奖出名的诗人来说，也是一种警醒。好心肠就是常说的情怀，我见过很多才高八斗的诗人，最后没成大器，就是因为他们没有为别人操心的侠骨柔肠。而且就技术而言，这首诗也符合当下的审美风格，叙事，而且是白叙，素词，就像洗去胭脂的脸，不掺杂个人的情绪和炼金术，而且柔韧有度，有立体化的情节和有视觉的细节，像影视片段一样生动而鲜活。

其实没有谁教施展这么写诗，他爸爸的诗更多的还是美、抒情、意境，而施展一上手就是日常口语和直叙，是不是当下真的进入到叙事时代？这也是弃幻象务实求真的时代性在诗歌写作上的反映？反正施展这种思维和审美契合了当代最迅猛的写作思潮，就是写诗不仅是排泄内心的潮水，更是他们与世界直接对话的一种方式。既然是对话，当然要不虚不绕不隔，且直接深刻尖锐。这让施展他们写诗犹如烧砖，挤出水分，让诗变得结实而有力量。譬如这首《血性》：

> 又见到了许多/被利益折断的脊梁/他们往往都面色苍白/不带血气/就好似吸血鬼/在阴影处活着/见到阳光便会焚烧//像一只蚊子/没有自己的血液/只能被一巴掌拍死/流的还是别人的血

还有《角色》：

> 角色是扮演出来的/但有时候演得像/连自己都会被骗过去/有人怀大志/想先缩再张/但以畸形的样子/蜷缩久了/就忘记了自己/原来有一架/空洞的脊骨/当木头被做成凳子/它的位置就在/别人屁股下面

不用我说，大家也会感到这两首诗中的刻骨般的锋锐和深度，还有戏谑和反讽力。而我赞叹的是其中的老辣！

不论是思想还是手法，都干净利索，直逼人的咽喉，令人目瞪口呆。你看两首诗结尾那段绝妙的比喻，让人感觉非常的过瘾，其批判性更是痛快淋漓。给出这效果的不是想象的飞檐走壁，而是思考爆炸时自动蹦出的事与物，是生活经验被思考重新唤醒和激活。很多人写诗都是情绪刮带出金句，施展是深思出神奇，虽然也有情绪在其中，但是思考是主动脉，情绪是润滑剂。所以两首诗像两把短剑，里面有热血，也有寒光。施展是用热血当炉火，用思考当凉水，诗就是淬火的兵器，冷酷而锋芒毕现。而施展的诗还不止于此，譬如这首《一条狗的命运》，写一条狗虽然主人死了，狗却像"生了根似的"守在弃宅前，让人误以为里面有宝藏却不敢上前，最后众人合力将这条狗给打死了。于是"众人像狼群一样拥进宅子/开始疯狂寻找他们的目标物/却发现只有一张张蛛丝网/和一截曾因打架而断掉的/狗尾巴"。这结尾让人发笑，又让人心疼，在剃刀一样的剥离中，人性显然不如狗性，并露出了凶险又不可理喻的部分。诗像寓言，充满黑色幽默，很荒诞，也很复杂，完全符合现代性的几个症候，诗因此有了先锋的姿势和质素。

　　从这些诗中，我们也看出了施展的写作是紧贴人心和自己的"意见"走（更多的人是贴着情绪走），意见就是意义和看法，就是思想。他写作的轴心就是"思"，反复思，往深里思，往事物的核心处挖掘和挺进，而不像传统诗人那样向外释放情感。所以他的诗伴随着理性，也走向理性。他写诗的爆发点、引线是好奇心，有时是同情心，当往深里琢磨的时候，他就让思和理性剥去情绪的泡沫和事物表层的浮尘和迷雾，让事物的真相裸露，让真相后面的意义显现。可见施展是一个追求意义的诗人，努力使自己的诗歌及物，并从物中抽象出更广阔甚至无限的真理。他不是用情感感动人，而是让揭示的真理刺激和唤醒人。

也许施展没有想这么多，只是按着自己的思维习惯本能地写诗，但是这个思维习惯是怎么形成的呢？除了自身的禀赋，肯定受到了当代的精神和审美趋势的影响。从这个角度来说，诗歌写作包括思维方式和观念都应该有点变化了，连开始总跟施展强调想象力、意象、音乐性的施展的爸爸，现在也说施展的诗还是有特点，很密实，越看越有味道，而且有力。但是诗歌真的改朝换代了吗？我想未必，因为诗之所以为诗，它有着自身的气质和精神内核，以及独特的审美方式，我们也看到施展为了将意见表达得准确深刻和透彻时，诗里也出现了诗最本质的东西：比兴和隐喻。我认为诗歌的变化仅是手段和方法、行走的姿势等等，比如由抒情到叙事、由神到人、由审美到审丑（其实是审真）、由花枝招展到素面朝天等等，这种种方式都是为了让人性得到更全面和深刻的展示，属于创造力范畴。而诗歌的意境、韵致、味道、可心领神会却无法言说的妙悟和感染力是永恒的。而且所有的改革，都是为了让这些品质更彰显。就像施展写着写着就慢慢地被诗化，诗味开始弥漫，看他这首《旧友重逢》：

是两个中年人/约见在他们记忆中/发生故事最多

的地点/没有热泪盈眶/相视许久/不语许久/他想说你还是一点都没变/却被对方抢先说/你模样变得我都认不出来……//聊起从前/其中一人点了一支烟/就想起以前立下/绝不碰烟的誓言/两人相视一笑/一人玩笑一人苦笑/说　人总是会变的//话题由着时间线/愈发向从前靠拢/谈起工业/谈起经历/谈起家庭/之后/谈起湖泊/谈起草垛/谈起　以前两人同时喜欢的姑娘/有那一刹/秋天的落叶/好似在往上飘/飘到树枝上　重新连接枝芽/这个地方/两个青年　搭着对方的肩膀/向身后看

这是施展诗中我最喜欢的一首，它击中了我，但你无法说清其中的奥秘和体悟。随着一句句的脱口而出，生命、时间、友情以及人世间的种种遭遇纷至沓来，仿佛刹那间，脸上皱纹抹平，头发泛黑，老树发新枝，青春和激情重回人间。然而这一切不过是忽然之间的幻象，不论你多么不情愿，失去的永远失去，而且还将继续失去。但这就是人生，你必须承受，并要充分享受这重逢片刻带给你的幸福和辛酸（幸亏有诗留住了这美好的瞬间，并将它变成永恒）。于是，心起伏着，眼眶湿润着，那苍凉又温暖、倏忽又无限的感觉，就是人生的况味，更是诗的韵味，即诗已尽，而味无穷，且层层叠叠盘旋在心头。诗是绝对的口语，是叙述是白描，但它撼动了人的灵魂。我给这首诗的定论就是小叙事，大抒情。这是不是切中了诗的真核？但令我敬佩和汗颜的是这么沧桑的诗出自一个二十岁的小青年，而不是我们这些经历了人生大半的老家伙。可见施展是未经沧海，却已品尝了人心。这说明施展的内心是很丰富的，敏感又敏锐，能让他在粗枝大叶的生活里，发现有诗意且能让人动容的细枝末节。他不仅有心肠，也是一个有心思的天生的诗人。所以说施展这代人，不是不要抒情，而是摈弃那种虚妄的像泡沫一样无用的假抒情，他们追求的是真，让诗有用化。"有用"是他们的诗歌观，也是价值观。这让我想起施展另一首写咸水湖的支流流向大海的诗，传统的写作会写这个支流克服一切困难奔向大海，而施展写的是让这咸水被滤清变净，成为对人有用的饮用水。这不经意甚至是无意识地流露出的细节，真实地凸现了施展和他们这代人的人生观和审美观，那就是当有用的人，做有用的事，写有用的诗。有用并非急功近利，而是让人脚踏实地，不飘飘忽忽，更不忽忽悠悠。这种观念照进生活，反而让他们选择上更加自由，就是不单一地把自己绑架在一种事情上，只要有用有益，一个人可以兼做好几种工作。而写诗对于施展来说就是一种兼职，因为他不以当诗人为目的，只是有兴趣就写写而已。

施展在写诗上没有野心，但是越没目的，就越没束缚，诗可能就写得越好。我却觉得有点遗憾，因为施展确实有写诗的基因，不写就是对造物的一种浪费。不过谁也不能规定谁的人生，作为长辈，我只是希望施展在做好人生的大事之余，不丢弃写诗这个爱好，因为写诗能让人更深刻地了解和理解人性，更能体悟到美、爱、自由的含义，更有幸福感，让人的心灵更丰盈。同时写诗真的不需要时间，有感触了，打个盹的工夫就能完成一首美好的诗。

祝贺施展在大学生活即将结束的时候能出这本诗集，这是你父亲送给你的毕业礼物，它记录了你青春的记忆，也必将成为你未来最美好的回忆。

是为序。

2021 年 1 月 19 日至 20 日 0：30 分

第一章

虎啸丛林

被遗忘的标记

触动人的往往是些细小事物
那是一个红色的叉
标记在儿时伙伴们一起
用蜡笔绘制的地图上

其实那是一扇高墙
当时望不见墙的对头
我们一起奋力过
结果却是膝盖破皮
和家长的数落
但几个调皮孩子
还是站在一起
望着墙的顶端
想靠眼睛翻越

这是关于这个标记的故事
我的心头颤了颤
想到了现在
身高早已足够
可以任意翻越
那堵高墙　其实也不过是
一大块破旧的混凝土

并且不知何时

被拆成一条小路

原来　那墙的对头

就是一条

再普通不过的

车水马龙

儿时的朋友无了联系

我就站在马路旁

看着车辆

从左到右

从右到左

余 音

余音
最让人震撼的
不是乐曲过程中的协奏
而是音符谢幕后
的绕梁余音
像是一种无形的浪
一波一浪
袭过灵魂

音已停
但脑中还残留着
若即若离的袅袅
真正的曲
才正式在心里延续

虎啸丛林

不经意间
我被一幅画
吓到打个冷颤
是因为画师精湛技艺
更是因为画中那
啸于山林之虎

跳出画外
不禁联想虎额上的汉字
那是一个不可一世的王
我深深赞叹中华文化
和自然界之王的
好似天意的巧合
但后来才得知
祖先是看见猛虎
才发明
王这一汉字
自以为站在制高点的我
不禁脸红耳赤
感到羞愧

这个生来的王者

在天地间闯荡

没有人能体会它的孤独

也只有威武猛虎

才能站在最高处

被凛冽寒风洗礼

挥空杆

一个不加任何

修饰词语的下午

日光刺在全身皮肤

一具机械

在草台前执行着

被输入好的程序

过程中

没有成果

没有奖励

甚至连目标都迷茫不清

单单在挥空杆

机械都会感到厌烦

他焦躁地拿起球

带着训练了许久的肌肉记忆

和情绪

但他竟然得到了

有史以来最好的成绩

他愣在那里

眼睛里开始充沛起了色彩

再后来

他也许久没有碰那球杆

但在各处碰壁时

也会想起从前

为了突破自我

而反复进行的

挥空杆

2020. 2. 6

听　雨

雨
好像总在不经意间
来洗刷布了灰尘的屋檐
和久经岁月的墙壁

雨滴下来
与鼻梁若即若离
感受到脚尖微微湿润
你才意识到
雨在发出　真挚的邀请

一个人
直到被雨困在亭内
这才闲暇下来
领略自然的一切
这声嘀嗒是雨露和树叶的起舞
那片蝉鸣是感谢雨的恩惠
雨在按照他的规律向下流淌
万物也在遵循着
自己的规律
存在和变迁……

雨，停的也是在那不经意间
嫩芽搬开压在自己身上的露珠
朝天空的方向抬高了头
一个人　还站在亭里
迟迟未走

雨停了
没有什么事情困住他

2020. 2. 20

旧友重逢

是两个中年人
约见在他们记忆中
发生故事最多的地点
没有热泪盈眶
相视许久
不语许久
他想说　你还是一点都没变
却被对方抢先说
你模样变得我都认不出来……

聊起从前
其中一人点了一支烟
就想起以前立下
绝不碰烟的誓言
两人相视一笑
一人玩笑　一人苦笑
说　人总是会变的

话题由着时间线
愈发向从前靠拢
谈起工业
谈起经历

谈起家庭

之后

谈起湖泊

谈起草垛

谈起　以前两人同时喜欢的姑娘

有那一刹

秋天的落叶

好似在往上飘

飘到树枝上　重新连接枝芽

这个地方

两个青年　搭着对方的肩膀

向身后看

2020. 2. 26

河边即景

一声　两声
河水冲刷着石块
老妇敲打着衣物
她身上穿的褴褛
和手上漂洗的精致服装
反差甚大
于是　河流成了一面哈哈镜

卖力敲打衣服的闷哼
却藏不住心里喜悦
嘴里不时的小曲儿
那是首童谣
仿佛有一个男孩
坐在她身旁
听她轻轻吟唱

隔壁的大婶路过
问老妇这次儿子回家待多久
她摇摇头
笑着回应
"只要回来见见我就好"
河边的风总是很大

硬是把老妇的白发吹散

许久

河边安静了

没有了木棒的敲打声

一只正在抱窝的雌鸟

看向了河边

那河边道路上

一个老妇

提着洗得干净的衣物

往家走去

2020. 2. 12

倒数第二

没有过去
没有旁人
仅有这一次　　和下一次

没有最初的不懈
没有过程时飒爽
释然了
有的只是
享受这一次　　和下一次

不久前还在用力攥着
但它似沙
越用力　流逝得越快
此刻　却好似古人的
羽化而登仙
站得越高　俯瞰从前
从容和安定
才是为故事的圆满
增添最稳重的色彩

2020. 2. 22

典当行

典当行

他颤颤巍巍的手

将玉镯递了出去……

嘴里念叨着

郎中先生嘱咐的药方

双足拖着草鞋

一个丢了魂的人

打开了屋门

屋内卧床不起的老妇

和跪在其床前的男人

像是一幅被虫蛀的油画

从典当行里换来的钱

只够为其母换得数日的草药

那玉镯　已是当掉的最后一件

母亲的值钱物

他不知所措地牵起母亲的手

才发现　布满青筋的手已稍显微凉

不知是碰巧

还是老天都流泪了

雨是伴着冷意来的

在房檐上的老鼠

都不忍久视

吱吱两声　　隐匿起来

谁都没想到

用来给母亲续命的当品

成了遗物

而典当行

成了母亲的坟墓

他不知道接下来要做什么

只想卖血

再把典当行里的母亲

给赎回来

2020. 5. 3

被　褥

不久前
我把被褥从家带到了这里
独自一人将它铺开
睡在上面
才有了家的感觉
白天总是与忙碌连在一起
直到萤虫闪亮
才会踏上归途
再回到那个狭窄却温暖的
窝
就这样　我在这待了许久
许久……

我尝试了太多次
但这个地方
可能或许真的不属于我
这里的冬天太寒冷
无数个夜晚
我都在梦中颤抖
紧了紧被子
却于事无补
这次　可能真的要走了

我将被褥一层层叠好

整齐地收了起来

看向光秃秃的床板

和室外的冬夜

从这儿　到那儿

搬了太多次

我不知道到这儿是何时

也不知道去哪儿是何处

但只要有它

就还能给予我

一处庇护

直到我找到

那个真正温暖的地方

2020. 6. 7

第二章

树后云

错　过

也许是资历太浅
在不久前
终于迎来了第一次
没赶上高铁
这感觉更像是
在荒岛进行生存实验
而我突然和外界断了联系

我记得许多小说和电影的情节
主人公都能化险为夷
也在上一次前脚踏进列车
后脚引擎轰鸣发动时
设想那不堪的后果
可真当独自一人
站在秋夜的站台前
望向不远的列车
才发现　错过的
好像不只是这些

身处异乡
还被切断了联络
我与家的羁绊

似乎被大雾和黑夜遮住

光也透不过去

压抑得有些发慌

且喘不过气

当然　最后

在重新整顿后

我又重新坐上了另一辆

通向熟悉城市的列车

靠在车窗旁

窗外的路灯昏暗

我也不知是看着黑暗的夜景

还是玻璃上

反射的自己

刻　花

反反复复

看着从前作品

都想要再加些什么

大多数人都如此

"时间会让自己沉淀"

说得真好

像是平川中的沙砾

沉淀和堆积

成了山丘

而让时间作用于

一颗颗用科学无法解释的心脏

再看从前

每次都会有新星亮起

跟着自己的感觉

一笔一画

刻成想要的样子

无限接近蓝图

却无数次触不到

那种完成百分之九十九的朦胧

才是刻画下一个作品的目标

牛马之上

当一个人真正跪地臣服

才会从人转变

成牛抑或做马

不幸的事

又有一只马驹和牛犊

降生在棚和圈里

他们连第一口奶水

都没有见到

就看到了父母在奋力劳作

也看到了骑在其背上的　人

另一个人走向了他们

赞扬新生的幼崽

说　好久不见

眼瞳发亮　炯炯有神的生命

但谁也不知道

或者谁都知道

这双眼会不会随着时间

黯淡下来

或许

他们根本想象不到

在遥远的北方草原

有着独自抵御寒冬

和驰骋天地间的

相同物种

树后云

也许是碧云嗅到了翠叶
才将自己化作火红

一处黄昏
罕见的火烧云
笼罩在一棵挺拔的树冠上
微风轻拂

树根深埋黄土
红云随微风拂过
被挡住　又探出
在树林上交织

他看好像
红云像从高处审判
火热的风让树木颤抖
我看好像
红云在林中穿梭
轻抬枝芽
随之转身后望
一幅自然的景象画

总有人试着改变风向

总有人试着改变风向

街上流动着人群

所以让

这个伫立不动的人格外显眼

脖子上挂着牌子：寻求志同道合的人

也只有一个流浪汉

在默默看着他

他就像河中的石头一样孤独

水流都绕开他

终于

他不再孤独

因为他烧掉了那块，

寻求朋友的牌匾

一个人上路

他总相信

自己的不一样的命运

他看见太多

石缝里生长的野草

并觉得自己也是一株

想要在岩石里扎根的

绿植

所以一个人

走在

氧气稀缺的冰原

顶着风雪

贸然前行

他被牧民救了下来

他不知道自己到底是活着

还是已经死去

凛冽寒风撕开他的脸

告诉蝼蚁

与其作对的下场

于是

他的腿拖着他的身体

走下了高原

他的眼和他的脑

埋在了土里

一具破履烂衫的身体

走在以前那条街道

街道依旧繁华

人流依然攒动

但这次他没有伫立

而是跟着大流涌动

只是
又看见了一个
高举着另一块牌匾的
鲜活肉体

晚　风

我想
走出封闭空间
吹晚风的人
拥有同样心绪
都被困扰
都在想方设法去处理
心中令人焦躁的事
唯有晚风
似冰丝划过脸颊
淡淡冷意
才能化解心中闷火

这时
两个吹晚风的人撞见了
互相询问对方
他们的回答却很一致：
我不是过来一解风情
我只是来追看风向
来观察明天早晨的气象！

血　性

又见到了许多
被利益折断的脊梁
他们往往都面色苍白
不带血气
就好似吸血鬼
在阴影处活着
见到阳光便会焚烧

像一只蚊子
没有自己的血液
只能被一巴掌拍死
流的还是别人的血

对　镜

第一个照镜子的人

肯定是被吓到的

难以置信

眼前的人

跟自己如此相像

镜子里的人

也吓一跳

他想

我无法看见外面的世界

只能看见

别人眼里已经见到的

画面

他们都摸了摸

自己的下巴、额头

用手指去碰对方的鼻尖

都在进行一样的动作

都在演绎一样的表情

并且

都在想着

怎么样取代这个

和自己一模一样的人

第三章

网络时代

囚　鸟

我家院里有棵果树
在父亲精心浇灌下
终于硕果累累
这满满的果香
自然引来野鸟的猎食
于是。一张大网
便罩住了整个树身

但一只恶鸟还是钻进网里
被发现后
父亲气愤地骂着这只
因贪食而被囚困的野鸟
并且示意让我将之捕捉

我望着这只
在网里扑腾它无力的翅膀
想要逃离犯罪现场的
鸟！
难道它正是那只为食而亡的
鸟！

当我近距离看它的时候

我发现

这只逃命的鸟的嘴里

还死死咬着一个果子!

我瞬间产生了一种联想:

远方有一窝嗷嗷待哺的雏鸟

正等着她嘴里这粒果肉

……

我犹如被闪电击中一般

我的手停留在空中

须臾之间　我的手

将网撕开了一个缺口

扑通一声！鸟

刹那间冲逃了这个囚网

……

当我抬起头

那只被我放飞的小鸟

正在我的头顶缓缓盘旋

几声叽喳后　飞行渐远……

站在街角的男孩

和朋友走在街上
看见那里站着
一位衣衫凌乱的小男孩
他远远望着对面那间文具店
目光的方向大致是
那个刷着亮漆的
望远镜
从小孩炽热和清澈目光里
我仿佛感觉
他正憧憬于望远镜的梦幻
他的眼里好似星光闪烁

但我看见
这繁华而狭窄的街道
这横向缓缓的流水
正在切断这个男孩滚烫的泪水

我在懵懂中
被朋友和簇拥的人流推走
不知为何
我反复回头望着那个男孩
愈看　愈觉得他好像一个人

好像儿时那个
希望有一架望远镜
可以望向远方的
自己

如今
我也还路过那条街
但那个独立街角的男孩
和我莫名的遗憾
永远被淹没
在这车水马龙的街道中

自我防卫

席地的人滔滔不绝
台上的人小心翼翼
高尚的领结
也挡不住
自下而上的
唾沫星子
这微小的尘埃
煽起满城风雨

流言的力量
如粉末病症
穿过广场
我只能做好防备
与外界环境无关
在我内心
有一道无际的墙
可以抵抗外来侵袭

老 井

一口老井干枯了
我以为有朽木在井下
堵住了向上涌流的源泉

但他的轴心是清新的
我又以为是人们
对自然的肆意破坏
枯涸了这地下泉

在一旁的树林里
生态统一
万物共存
我还在臆想
一定是那些人
毁掉古井　激怒神明
使得他大发神威
惩罚苍生而不降甘露

草尖露珠
早已记录
许多婆娑的身影
在这里映下了一幅唯美风景

这时我发现

主观念想无法诠释

任何客观事物

或许它仅是被岁月遗弃的

一口古井

又或许它是

一个不为人知的故事

水土不服

儿时
时常跟着父母
观山览水
躲在母亲的衣襟后
将脑袋探出
去望每个不同面貌的山水
我已经忘却了
那是哪一方土地
让一个到处闯荡的人儿
感到不适
明明那里
山青而鸟常鸣
水澈与鱼共跃
一幅水墨画呈现于我眼前
我却不领情
只能以上吐下泻的方式
中止行程　或者返程

身后的山川离我愈来愈远
迎面而来的城市烟雨
才让我想起与那地方告别
可当我回首

发现他逐渐渺小
最后再也看不见

我始终没有忘记那个地方
那是我成长的记忆
许多年以后
我还想故地重游

一块璞玉

一块璞玉

精雕细刻

方能达到

仅凭自身无法达到的境界

这个孩子

天生的诗人和哲人

未被社会灌入思想的

稚嫩话语

都值得反复深思

时间像条河

流经万物　流经变迁

磐石在其中会被冲刷打磨

未发育成熟的胚胎

更是如此

我们都演化成能够创造的动物

却也变成了最容易被改变的

河中泥沙

另一个世界的我

我至今都无法
很好地描述他
只能说那是一种触及灵魂
与世共生的一种状态
我也不知是我进入了这片树林
还是这片汪洋覆盖于我

又或立杵山巅
又或沉陨地心
在那一念我进入另一个世界
那一刻我永存于
烽火山林中
又跳跃在这条车水马龙的街道

于是眼睛变成了
我与另一个世界的串联
把我对这个世界的认知
带到另一个更加
纯净的世界
时时刻刻
都有庄周在梦蝶
时时刻刻

也有数不清的镜花水月

每个人眼里都有另一个世界
那个地方
在他们眼里构造
在心脏深处储藏

网络时代

万物变迁
信息流动
全世界都充斥着
科技和代码的产物
一个移动终端
成为这个世纪最伟大的发明
当之无愧
潺潺人群
再也没有以前的各种装备
钱包，衣服和锄头
手机　似乎终结了上一个世纪
他太方便了
方便得成了这个时代的必须物
但
有他办不到的事吗？

也有
他不能看清网络对面
那张真实的脸
他也只能看到虚拟旅游目的地
的优美景色
却看不见沿途的袅袅炊烟

这世上不仅有他办不到的
还有太多没法做到的事
比如：写下这首诗

天花板

房间弥漫的是一股
潮湿、陈旧的气味
我一直在寻找这恶弊的根源
我双眼呆滞、目光黯然地
环顾了四周

有一块
因为空气潮湿而发霉的天花板
那些无序的线条呈纹理状
像是束束刀光或剑影
冷冷向周边漫延
并散发出刺鼻的气味
令我内心隐隐作痛

我想
应该是这块天花板
之前就沾染了一些脏污
再遇潮湿空气影响
导致霉湿气味弥漫空间

我试图清除这些有害物
几番波折后

我擦拭了天花板上所有污垢

但很难归还她初始那般洁白

我颤颤巍巍走下扶梯

打开窗给房间换些新鲜空气

我发现窗外依旧布满

层层乌云

天　还下着雨

我抬头仰望

我的目光

停留在远方天空

第四章

进化论

泡 沫

她、我、灯
织成一条直线
她在中间
我看到的是
她一生中最美丽的时刻
此时的她
更像是一颗琉璃盏
不带有一丝杂质
那么透彻
灯光恍惚了我的眼
我很想去触碰她
很想用指尖去探索那
光彩炫目却又晶莹剔透
可她似乎有什么苦衷
我一碰　她就碎了
只感受到一丝
若有若无的余潮

很多人都在寻找
生命中最灿烂的泡沫
哪怕只有一息一刻
也定然要抓住这
转瞬即逝的绚丽

师　说

如何让兔子吃肉

科学家说

从生理角度来说

兔子不可能吃肉

作家说

不管是谁

被压迫久了的

都会奋起反抗

让他饿极了，就吃肉了

流浪汉说

只有你们这些

闲着没事干的人

才整天研究这种

虚假、无聊的事情

思想者

他点了一支烟
准备和我讲
属于他的事
晚间的云只看得见形
和月亮交织
将目光送至上端
抚那触手可及的朦胧
还有那盯久了
而看似有两个的
淡淡月亮
他嘴里迸出唾沫星子
我眼中射出我的灵魂
他在说他所想
我在忆我所念
这支烟烧完了
不是他抽的
是风吹的

画 皮

穿上老虎皮的猪
它极不适应地套上了
在某处偶然发现的一张虎皮
萎头缩颈地在森林走
此前蔑视它的动物
都心惊胆战
也都做出臣服的表现
于是它就像只雄虎般
心生傲气
昂首前行

它炫耀地走回
同类面前
但发现这群猪
像见了鬼似的要逃
一些逃不掉的
出于自卫的本能
向它露出獠牙
也不知是这些天
滋生的傲气
还是这虎皮子上的
血腥气味的影响

它哪能忍受这些猪的反抗？
于是
它第一次尝到了
猪血、猪肉的滋味

这森林里只剩下
不会反抗它的猪
它们一起吃得白白胖胖的
树上的猴子挠了挠腮
看着这树下的一群白猪
和一只红猪……
直到
这只虎皮猪碰到一只饥饿的
瞎老虎
只闻到它身上的猪臊味

进化论

人们吃饭使用筷子
不是因为用手抓着吃
不卫生　不雅观
而是因为人的进化

当我们把原始欲望剥开
才有了手套
抓着大把动物的肉类
往嘴里送　吃得才香

我们总在掩饰一些本能
譬如放生
或者行善
或者放下手中的食物
去为朋友圈里的人点赞
我们的手指
不知是出自本性
还是伪装

可只要
真有诱惑力大的东西来时
比如数一沓钞票

加上另一只大拇指上的口水

相互交融

你就会发现

这种举止与高雅无关

断　桥

故土乡河处

佝偻的老者

站在断桥桥沿

不知是在看着

潺潺的流水

还是在念着

两岸之间

并不存在却又

藕断丝连的

一股残影

我路过此地多次

而他几乎每次都站在那儿

鸟掠过他

风卷过他

落叶拂过他

白雪颂过他

他就站在一个

好似属于他的地方

终于

在一次鼓足勇气后

我迈着步子上去
想询问他

可我并没有得到回答
混浊的眼睛
让我以为这个石墩
竟是一个老者
我暗暗嘲笑自己
也擦拭着自己的眼睛
才发现
这个老者并不是
守望断桥的人

我才是

仰看天空

有的人盯着路灯

有的人望着树顶

人们都盖着

跟自己眼光差不多高的屋子

也总有些异类

他们的头朝天上仰

把目光锁在

令人神往的

天

但他们会被嘲笑

蜷缩在已经搭建好的

屋内的影子们

透过模糊的窗户

不屑地讥笑他们

嘴里还嘟囔着

"林子大了,什么鸟都有"

一条狗的命运

一条恶狗
像生了根似的
伫立守在弃宅前
让路过的人都觉得
里面肯定有宝藏
甚至揣摩它主人
生前的身价

几个贼胆大的人
试图窥望宅子里的宝贝
但这只恶狗守下了这个宅子

于是这只狗
引来所有人的注意后
被几个人用木头棒子
打死了

众人像狼群一样拥进宅子
开始疯狂寻找他们的目标
却发现只有一张张蛛丝网
和一截曾因打架而断掉的
狗尾巴

角　色

角色是扮演出来的
但有时候演得像
连自己都会被骗过去
有人怀大志
想先缩再张
但以畸形的样子
蜷缩久了
就忘记了自己
原来有一架
空洞的脊骨
当木头被做成凳子
它的位置就在
别人屁股下面

一日三餐

油条就豆浆

黄油配面包

各处都一样

都简单　都营养

都是一天之中最美味

最难忘的味道

孩童们手中挥舞着的

狗尾草穗

随晨风飘飘然

嘴里还念着

昨日刚背诵的

一日之计在于晨

这是早餐

有了一定的积淀

相比容易尝到的甜

大家都开始更向往鲜、咸

酒鱼汤肉　大快朵颐

世界上各色的食物

迸发着更强劲的能量

刺激着人们的味蕾

人们对于美味的认识

都大同小异

他们都品尝大众所爱

也会追求一种

最与众不同

自己最独爱的

特色菜

创新、体验

这是中餐

老人们总说

我吃过的盐

比你吃过的饭还多

经历得多了

再好的山珍海味

或许不如以前的

粗茶淡饭

人们开始喜欢吃苦了

这独特的味道

不仅是用来尝的

更是用来品的

想着自己从前的从前

各种陈杂旧味在脑海里

飞速流逝　甘就来了

所以　苦尽甘来的甘不只是

更甜

而是种种阅历沉淀下来

再经过反复咀嚼才能品出来的

难说的味道

这是晚餐

第五章

黑暗与光明

关于自己

画家用画笔画的是自己
摄影师用相机拍的是自己
木匠用锯子锯的是自己
每个人都活成不同的样
小偷偷掉的是自己
妓女卖掉的是自己
跪在地上让别人踩着上去的
也是自己

每个灵魂都飘在大街上
输了的成了别人
赢了的才是自己

加　法

太奇妙了
两种素不相干的事、物
加在一起
可以产生奇妙的变化

一个笑话：
一加一在什么情况等于三
——错误的情况……
但这只是结果的错误
它们相加的过程
则是世上最美丽、最奇妙的
而这种过程就是碰撞
任何两种人、事、物的碰撞
都会产生脱胎换骨的新玩意
好像在向过去的老家伙告别
又好像故意气他

人加上一把刀
他可以是厨师、剑客
也可以是杀手
猴子加上一棵树
可以是共生的伴侣

也可以是偷食树果的仇人
种种的结果
都不一样
不同的时间、地点
就碰撞出不同的世界
世界也在碰撞中变化
繁衍、增殖，生生不息

谁知道自己加上什么
会变成举世无双的英雄
谁又知道自己与什么碰撞
会成为一坨冰冷的肉块
但就算加法已经完成
自己也能坚持自我
不改内心
就像七种因坚持各自的颜色
才有了一道七色的彩虹
他们也终于成为真正的自己

从高楼向下俯瞰

坐在高楼的窗边

向下看

树因风吹而摇曳

于是我想

这风好似这世界的领主

它可以任意地

将你变成它想要的模样

在郁闷地叹息后

我打算收回目光

不愿再看

这过于真实的比喻

但又一想

被摇动的家伙

只是树枝

而那笔直的树干

根本不为风所动

就像天空

云朵被风肆无忌惮地掠走

就像红尘被驱逐到岸边

天空依然是干净的

海依然是蓝的

我像孩童得到了玩具
朝着更远的地方望去

墙角被遗忘的灭火器

它就像是一个人

孤零地在角落

无数人从它身边走过

甚至不会注意到它

只有可怕的大火燃起

才会有人看得见它

直到火被熄灭

大呼一口气

然后

理所应当地把它丢开

去领赏

自身是烈焰般火红

但它就伫立在那里

伫立着

上面铺了一层灰

小时候想

不知为何

小时候想的

到现在都变了

小时候想的天是蓝的

现在看天是灰的

小时候想的云是

可口的棉花糖

现在看云

就是云

看不出别的

小时候不管别的小朋友

跑得有多快都要和他比！

现在看到别的厉害的家伙

得再三考虑考虑

奇怪呀

这真的

是成熟和长大的标志吗？

一只鸡蛋的命运

锅铲在锅里肆意炒动
鸡蛋被敲破　　打散
被规则地规则成
别人想要的姿态

鸡蛋一直在逆来顺受
从破碎　　搅拌
到锅中　　碗里
最后送进别人的口中
狼吞虎咽

但总有那么一些
在被翻炒时
脱离铲的控制
从困境中挣扎出来
掉在地上

卑微的自由啊！

一块布匹

毛巾和抹布
两种同样材质的物品
前者
用来轻轻擦拭
爱人的脸颊
后者
只用来除去
污淤脏渍
它们唯一的分别
即是截然不同的取向
但到底是命运决定了
孰为干净整洁的高尚者
还是自甘堕落之人
将自己涂上了
陈旧、难看的颜色

流向大海

咸水湖中分支出了一条溪流

它往外流

它毕生的愿望

就是变成一条清澈的

能够让人饮用、嬉戏的溪流

它努力地改变自己

避开混浊的沙坑

躲过繁杂的工业区

和另外的清澈溪流交汇

它一直在改变自己

但是

路途太遥远

难免会有淤泥和污沙

它迷茫　惘乱

它在最坚定的道路上

动摇了……

可是眼前一亮

前方的咸腥味

前方的呼啸声

那是大海！

它顿时精神抖擞

夜

夜不能寐

左翻右覆的我

在床上迟迟不起困意

以为是留下来的夜灯在作怪

可随着夜灯的熄灭

才发现

有的光可以熄灭

但有的光

你是怎么也无法熄灭的

黑暗与光明

教化前是黑暗
人类把黑暗当成宿敌
他们说
讨厌阳光与火的
是野兽
他们还不满足于
冰冷潮湿的洞穴
向光明窥探着
从篝火到炮弹
他们喜欢光明

教化后是光明
被污浊蒙蔽久了的眼睛
看什么都觉得刺眼
他们要把那些
看不顺眼的垃圾
变成佳肴美酿
独自好好享用

他们还迫不及待地
想让孕妇肚里
蒙在一片黑暗中的胎儿

尽早地

见到光明

容易想念

抽屉里不知怎么
跳出一张
泛黄、老旧的照片
是张儿时的全家福
我们都对着那
黑黢黢的傻瓜相机
最自然地
流露出幸福的表情
而我看着这老照片呵呵傻笑
思绪也不由地
往多年前飘去……

每个人都有
内心最柔软的一块地方
那里一直是黄昏
夕阳不会落下
不会进入寒冷的夜晚
一次触及
也就会多一次回想

当我的思绪
被窗外的嘈杂声硬扯回来时

便发现自己已经

盯着这照片多时了

我再不舍地

看她最后一眼

于是轻轻将她放回

属于她的位置

毕竟她只能当成

一个回忆

而我　还要向前

后　记

2019 年，诗歌不经意间闯入了我的世界。为什么说是闯入呢？诗好像从小就蛰伏在我生命中，体现为一种诗意，这种诗意让我对事物的看法似乎与身边的人不太相同，我总是能不经意间看到事物的另一面。于是，在那一天，我尝试写诗。

2019 年 4 月的某一天，出于一次偶然的机会，父亲和他的好朋友李犁老师来北京看望我，不知为啥他们有意无意地向我灌输写诗的理念，当时我并没有意识到。这两位，在之后成了我诗歌道路上的领路人。他们在北京期间，跟我聊了特别多关于诗歌的话题，之前从未尝试过写诗甚至从来没想过写诗的我，似乎若有所思。记得当时我正坐在窗台上，从高楼向远处眺望，窗外一幕幕景象映入眼帘，让我顿生了许多奇妙的念想，趁他们交流之际，我偷偷躲进洗手间，记录下那瞬间许多场景……我的第一首诗歌作品《从高楼向下俯瞰》就这样诞生了。

我写诗，其实更多是我父亲和李犁老师的意愿，甚至说是在完成他们就此布置的任务。当我写下几首诗后，我发现自己似乎能通过诗歌把我想说的话说给别人听。所以在父亲和李犁老师的影响下，我开始了在诗歌方面的探索。写诗是可以被教会的吗？我想不是的，他们最多只能影响我，而不能教我如何塑造每一个文字、每一个场景。我还记得在一次关于诗歌的闲聊中，父亲对我说："施展，你以后，可千万不要当一个诗人啊！诗人玩的都是超脱现实的浪漫，你不可能伸手就去摘星星吧？"我这么理解父亲这句话：一个夜晚，我来到一潭平静的湖水前，划船至湖中央，望见夜空中闪闪繁星，伸手却不可及，于是俯下身，抓住了水中的星星倒影。但我父亲的意思就是有时间、力气去水里摸星星，不如再费点功夫，摸一条鱼，吃进肚里。这当然是句玩笑话，而我刚想反驳他"你不就是个诗人"时，父亲却又跟我说了一句话："孩子，你以后，一定要成为一个写诗的人。"我沉默了，开始仔细思考父亲的话。是啊，我们平常写的诗难道就只是一段文字、一截话语、一页纸、一本书吗？我想不是的，而是通过这种媒介，把写诗的人脑中所想、心中所念的东西表达出来。所以，我父亲不能教我写诗，他只能影响我。而这，就是他影响我的东西。

就像父亲经常提到的，他很难用自己的看法去左右我的思想。我认为灵感就是虚无缥缈的东西，我在创作时，大部分的诗都是在一瞬一念间，便有了雏形。我曾用五分钟创作过一首诗，也为思考一整天却写不出来而挠破头。我从脑海中寻找往事的碎片，灵感就像我的放大镜，让我看清事实，找到自我。所以说，我写得更多的是自己经历过的事，或者通过表象去探究的本质。在这过程中，我似乎更加看得到我想要什么，接着在这个五彩斑斓的世界里站定脚步，问问自己，我是什么？

我自认为，诗并不只是为了陶冶情操，或者自认清高。它更像是一面镜子，不止照人，也照事。镜子里的自己，一模一样的皮囊，但从镜中似乎可以撕开外衣，看到流动的血液和坚韧的骨。镜子里的事物，同样抛开了外在，只有静下心来才可以去探寻到他的纹理、结构。像是椅凳，我不难看出它是木头在叹气；像是桥体，我也不难看出它是石头的长眠。我写诗，读诗，都是为了找到那些不起眼的事物，也有我们都淡忘的、遗弃的事物，也不为别的，只是后来回过头再翻翻这些篇章，会有一种若有若无的美好，想起以前发生过的种种趣事，想起以前同路的人，这种感觉就像是从脑中发芽，滋生在心。

有时候，我并不认为自己在写诗。甚至我真的不知道，自己会不会写诗。我只是在说我所想，论我所见，没有华丽的辞藻。和朋友们议论时，我不太愿意让身边的人读我的作品，因为我怕他们认为我缺乏一个诗人的文笔和浪漫。我的每一个作品更像是一个独立的人。这个人有它自己的一生，有低谷有高峰，每首诗和每个人一样，过着属于自己不同的生活，追寻着自己独特的目标。诗歌常与远方一起被人提及，但我似乎更喜欢俯下身来，或者抬头望去，看极大和极小是我喜爱的，而不是远眺。诗，便是把个人对于世界的主观感受体现在这几行短短的文字中，每个人有自己的常识甚至偏见，把自己所想说出来，不为告知别人，不为得到别人的赞扬与批判，不为权，不为利，只为自己。这样想来，我的作品似乎也成了诗。

我不知道诗到底能给我带来了什么。最开始以试着写写看的目的去触碰诗歌，于是发现了自己深藏心中的另一面。也不知道是诗将我的另一面唤醒，还是我的另一面注定与诗结缘。诗歌带来了一个更加愿意去思考、去体验、去感受生活的另一个自己。写诗时更像是在外郊游，将头探出车窗，聆听草与天的歌，体会生活的豁然开朗，我享受这个过程。所以，我还是会接着郊游，接着探着头，到视界更加宽广、空气更加清香的地带。不为得到物质上的回馈，不为得到别人的赞赏，只是向更深处去探究。

最后，感谢我的父母，创造了一个平凡却又与众不同的我。感谢他们对我在人生各个阶段的身心教育，让我磨炼出属于自我的思想。感谢李犁师父对我的诗歌启蒙。一路上所有帮助过我的老师、朋友们，让我无论在顺境还是逆境中，都砥砺前行。

施展，2021.1.22

图书在版编目（ＣＩＰ）数据

树后云 / 施展著. -- 武汉：长江文艺出版社，
2021.3
  ISBN 978-7-5702-0488-5

  Ⅰ．①树⋯ Ⅱ．①施⋯ Ⅲ．①诗集－中国－当代
Ⅳ．①I227

  中国版本图书馆 CIP 数据核字（2021）第 026283 号

责任编辑：谈　骁　　　　　　　责任校对：毛　娟
封面设计：祁泽娟　　　　　　　责任印制：邱　莉　　王光兴

————————————————————————————————

出版：长江出版传媒｜长江文艺出版社
地址：武汉市雄楚大街 268 号　　　邮编：430070
发行：长江文艺出版社
http://www.cjlap.com
印刷：湖北新华印务有限公司

————————————————————————————————

开本：850 毫米×1168 毫米　　　1/32　　印张：3.5　　插页：4 页
版次：2021 年 3 月第 1 版　　　　2021 年 3 月第 1 次印刷
行数：2160 行

————————————————————————————————

定价：39.00 元

————————————————————————————————